청어詩人選 248

무릎을 꿇어야
작은 꽃이 보인다

윤평현 시집

조용함이 먼 북소리로 다가오는 격정의 소리들!
언어가 뛰어가는 노루가 되어
우리들의 눈과 가슴으로 달려오고 있다

청어

무릎을 꿇어야
작은 꽃이 보인다

윤평현 시집

시인의 말

시의 여백이 좋았습니다
간결해서 좋았고
뒷모습이 넓어 매력이 있었습니다

삶이 가는 길은 강물 같아서
산천을 얼싸안고 굽이 돌아
여울목미디 부대끼며 부서졌지만
웅덩이를 만나 함께 출렁이기도 했습니다
때론 바람 불고 먹구름이 성할 땐
흙탕물에 젖어 맑음을 잃었지만
영광은 시련 위에 피는 꽃
끝난 것 같아도 다시 시작입니다

메마른 갈증 적시고 다시 강으로 갑니다
늦은 시작이지만 행복한 시간
갓 피어난 연둣빛 이파리를 위하여
남은 여백 채우러 걸음을 재촉합니다
하얀 여백이 있어 생은 아름답습니다

열정으로 지도해 주신 이경 교수님께 감사드립니다
창작의 기쁨을 같이 나누던 선후배님과
늘 미소로 격려해 준 가족에게 감사드립니다

2020년 여름 용인 수지에서
윤평현

차례

1부 / 자연은 지상의 기쁜 언어를 만들게 한다

2부 / 사유思惟와 믿음의 논리를 주는 시간

3부 / 우리의 가슴을 데우는 사람들

4부 / 흔들리며 가는 배, 깨우치면서 가는 삶

5부 / 따뜻한 것들이 오는 곳을 알았다

1부

자연은 지상의 기쁜 언어를
만들게 한다

새들은 떠나야 다시 돌아오고
꽃들은 시들어야 다시 만난다

꽃구경

새소리가 없으면
숲속은 얼마나 적막할까

봄은 오는데
꽃이 없으면
세상은 얼마나 삭막할까

꽃은 피어나는데
당신이 없으면
홀로 걷는 길은 얼마나 쓸쓸할까

복수초

흩날리는 눈보라 속에
발가벗은 채 찬바람 맞으며
눈 위에 살아도
따뜻하게 살아야 한다는
소중한 깨달음 하나
언 땅 녹이느라 이마에 구슬땀 흥건하다

벌 나비 없는 고적한 산길에
낙엽 몇 점 안고
꽃을 피운들 무슨 소용이랴만
고생 뒤 낙이 온다는 약속 믿으며
서둘러 나서보는 봄 마중

얼마를 살아야
내 마음 저토록 뜨거워질까
이 세상 인내하는 법 다 배울까

* 김인호 시인이 보내온 사진
  눈 속에 피어난 복수초
  눈물인 듯 땀인 듯 흥건히 고여 있는 꽃잎

민들레

위를 쳐다보면
힘들어 보이지만

허리 굽혀 바라보면
민들레
지천으로 피어있다

흙 한 줌 안고
기뻐하며
도란도란 피어있는 민들레

제비꽃

비가 오면 비를 맞고
바람 불면 고달파도

호리호리한 몸매
다부진 이파리
설움일랑 꾹꾹 누르며

자투리땅 어디에나
이웃끼리 정붙여 살면
꽃잎끼리 외롭지 않아

어려워도
희망을 포기하지 않는
가녀린 꽃의 푸른 눈빛

저 들녘에도
허리 굽혀 엎드려야
만날 수 있는 꽃들이 있다

모란

봄바람 한 번 다녀갔다고
저리 곱게 피어나다니

곱디고운 봉우리 부끄러워
살며시 풀어헤치고
수줍게 웃는 고운 얼굴

보드라운 속살이 눈부시어
잠깐 찡긋한 사이
싱그러운 봄은 다 가고

다시 만날 기약은 아득한데
떠난다는 말도 없이
남아있는 그리움은 어찌할까

내 마음 뒤뜰에 모란
아직도 환하게 피어있는데
보리밭 뻐꾸기 자꾸 불러쌌는데

찔레꽃

그리움 하나 품고
민낯으로 웃고 있다

어쩌다
빌딩숲 옹색한 틈바구니에
터를 잡았을까
정 붙일 곳 없는 낯선 거리에
홀로 서 있을까

가난했지만
싱싱하게 피어나
배고프고 힘들어도
흉허물 털어놓고 깔깔대며 뒹굴었지

산 그림자 깊은 시냇가
각시붓꽃 엉겅퀴
나리 개망초 함께 깨알같이 웃으며
하얗게 피어나던 그 시절

나팔꽃

나는 달팽이로
다시 태어나
아주 느린 걸음으로
배를 깔고 기어가
저 나팔꽃 위를 올라가 보고 싶다

청명한 아침
나팔꽃 위에서
세상을 아름답게 바라보고 싶다

능소화

담 넘어 세상 구경하다
사랑에 눈뜬
수줍은 얼굴

어쩌다 마주치면
첫사랑 고백처럼
불그스레 젖어드는 마음

떨리는 마음으로
허락한 순정
착하디착한 너는 저녁놀 빛이다

긴 머리 펄럭이는 너는
늘 사랑에 목마르다
찰랑찰랑 웃으며 달려오던
너를 잊을 수 없다

구절초

서슬 퍼런 천둥에도
굽히지 않고
찬 서리에 떨지 않는 굳은 심지가 있다

척박한 땅
청정한 산정에 터를 잡고
넉넉한 품성으로 살았다

연하천 따라가는
자욱한 안개 속 소박한 향으로 서서
잘 가라 잘 가거라
지친 어깨 다독여주던 그 눈빛

그리운 건
닫지 않는 먼 곳에 산다
이제는 만날 수 없는
멀고 먼 천왕봉 구절초

갈대밭

그대 외롭고 쓸쓸하거든
메마른 가슴 안고
순천만 갈대밭으로 가 보라
바람 부는 날이면
수많은 갈대들이 손을 흔들며
그대를 부르며 환호하리라

그리움이 사무치거든
가을빛이 다 가기 전
갈대밭 사이를 지나서
솔향기 가득한 전망대에 올라
망망한 갯벌 너머
점점이 날아오르는 새들 바라보며
가만히 불러보라
사무치는 이름을

갈대밭 어둠이 짙어지면
그리움에 지친 사람들
외로운 가슴에
흑두루미 몇 마리 날아들리라

잡초

애써 봐도
발길 닿는 곳은 언제나
험한 자갈밭뿐

황무지를 보면
맨 먼저 달려가
집 짓고 동네를 이루었다

행여
기름진 터에 자리 잡으면
밟히고 뽑히고
불태우고 잘리었다

잡초 없는 곳엔
삶도 없다
잡초가 세상을 받들고 있다

느티나무

산들바람 그늘에 앉은
마을사람들 세상 이야기 들으며 산다

삼나무
― 메타세콰이어

나이 2,700세
키 120미터
고향은 멀고 먼 켄터키

그 아득한 세월
오직 한 곳에 살면서
괴로움도 많았으련만

목숨 지켜온 건 뿌리의 힘
높이 크기 위해
더 깊은 어둠으로 내려갔다
넘어지지 않기 위해
이웃 손잡고 엎드려
대지를 단단히 움켜잡았다

나는
누구의 손잡고 수 천 년 살아갈까
어두운 밤 두려워하지 않고
거친 바람 무서워하지 않으며 살아갈까

바람 부는 날 손 잡아준 건
거칠지만 따뜻한 손 이었다
다시 나를 일으켜 세운 건
질그릇 같은 투박한 기도였다

＊ 20120902 알퐁소 신부님 교중미사 강론 중에서

앵두나무

반가워라
귀엽기도 하지
다닥다닥 맺혀 있는 빨간 앵두

어린추억 한 움큼 깨물면
교실 가득 옹기종기 앉아있던
앵두 같은 얼굴들

좋은 시절 몇 번이나 지나갔지만
빈 집만 늘어
저 혼자 서있는 앵두나무

흑백사진 속 낡은 미소
어느새 백발 되었으니
따 먹을 아이 없어 홀로 외로워라

감나무

주인 떠난 빈 터에
돌보는 이 없이
올망졸망 열매 매달고

목마르게 살아온 여름
불볕 속에 부대끼다가
거친 비바람에
꺾이지 않으려 몸부림치다가

가을 햇볕 잔잔하던 날
달콤하게 익어
작은 새들 군것질 되었네
외로운 고향하늘 모퉁이 꾸미는
정원수 되었네

또다시 겨울
싸리 울타리에 기대어
홀로 바람을 맞겠지
돌아오는 봄
하얀 감꽃이 만발하겠지

홍시

아무도 모른다

어느 바람에 떨어질지
아무도 모른다

죽녹원竹綠園
– 청풍과 대나무

여름 내내 말 한마디 없이
무뚝뚝하던 왕대나무
속 시원한 처서 바람에
간드러지게 웃는다

멀대같고 숙맥이던 그가
청풍 몇 점에 몸을 가누지 못하고
뒤틀며 채근 대더니
갑자기 말 수가 많아졌다

허리 가늘고 요염한 자태
요리저리 치맛자락 가볍게 흔들며
낭창낭창 이끄는 청풍에
키 크고 속없는 그
이리저리 휘둘리며 허허 웃다가

청풍은 떠나가고
이파리 흔들릴 때마다 되돌아보는 마음
슬픔을 보듬으려
마디마디 조여 보는 왕대나무

종합예술

바람이 불어오고
구름이 몰려간다
새들은 떠나야 다시 돌아오고
꽃들은 시들어야 다시 만난다

저 산과 강과 들은
꽃들의 집이고
새들의 뜰이고 나무들의 정원이다
꽃과 새들은
차표가 없어도 어디든 갈 수 있고
등기부등본이 없어도
어디에나 집을 짓고 아이를 키운다

경계도 벽도 없는 하늘
소유권 없어도 어디나 살 수 있는 새처럼
노루처럼 뛰어다니며 살고 싶다

상고대霜高臺

봄은
어디쯤 오고 있을까
바람은 벌써 싱그럽다

간밤 홀로
먼 길 떠나는 겨울
나뭇가지마다
눈부시도록 하얀
상고대 하얗게 걸어두었다

떠나는
나의 뒷모습도
저토록 아름다울 수 있을까

* 상고대霜高臺 : 기온차가 심할 때 안개가 하얗게 얼어붙는 현상

2부

사유思惟와 믿음의 논리를
주는 시간

물청소 끝난 맑은 하늘에
빨간 단풍으로 매달려
먼 길 돌아 온 사람들 기념사진
배경이 되고 싶다

입춘

봄은
웅크린 어깨를 으쓱거리며
거리를 배회하고 있다

기다리는 것은
원래 더디게 오는 법이지만

냉이 달래 돌미나리들은
가만가만 발꿈치를 들고
벌써 좌판대에 올라가 앉아 있다

아직
남쪽 항구 양지바른 곳
오수를 즐기고 있는 입춘

꽃샘추위

봄이 겨울을 건너가다
갈대밭에서 몸을 으스스 떨고 있다

어린 꽃들이
잠깐 얼굴을 내미는 사이
곳곳에 눈 비 뿌리고

간밤 창문을 거칠게 두드리던
새벽 찬바람
발자국소리 죽여 가며 산을 넘는다

봄은 왔지만
웅크린 바람은 어깨를 세우고
흙먼지 한 움큼씩 뿌리며 골목길 돌아나가고

아직
제자리 찾지 못한 청년들
배회하는 찬바람처럼
뜨끈한 국밥집을 기웃 기웃거리고 있다

봄

온 동네 꽃들이 우르르 피어납니다
천국입니다
천국에 살면서 때로는 어렵게 살아갑니다

마음먹기 달렸지요
훌훌 털어 버리면 후련할 것을
채우고 또 채워 넘치도록 삽니다

꽃은 혼자 피었다가
쉬엄쉬엄 지는 것을
삶은 서두르다 지나쳐 갑니다
다시 못 올 강을 건너고 맙니다

온 동네 꽃 피어 천국입니다
천국에는 미움도 슬픔도 없다지요
봄비에 꽃 피더니
봄바람에 꽃이 집니다

땡볕

장마 지나고
땡볕 눈부시다
뜨거운 열기에 익을 건 다 익겠다

한 때
뜨거움으로 살았다
미지근히 사느니
차라리 펄펄 끓고 싶었다

달구어야 단단해 진다고
시련도 축복이라고
아픔이 있어야 성숙해 지는 거라며
다그치던 젊음

다시
뜨거운 열기 속으로
들어가고 싶다
도가니 그 열기 속에 달구어져
새 그릇으로 태어나고 싶다

가을

그저
먼 산 바라보며 웃어주던
허수아비 수고로 풍년이 온다

가을은
농부의 쓰린 속 달래주는
따끈한 장터 국밥으로 오고
덤으로 얹어 준
할머니 굽어진 손에 집히는 푸성귀 한 줌에
환한 웃음으로 온다

추수 끝난 논밭 낟 알갱이
멀리 날아온 기러기 배고픈 새참이 되고
작은 새들 모여
높은 가지 끝에 매달린 까치밥 바라보며
좋아라 재재재 대겠지

물청소 끝난 맑은 하늘에
빨간 단풍으로 매달려
먼 길 돌아 온 사람들 기념사진
배경이 되고 싶다

처서處暑

뜨거운 입맞춤
절정絶頂이 지나간 자리

모닥불은 꺼지고 재만 남았다

상강霜降

찬 서리 내리더니
청명한 하늘에
이파리 더 붉어지네

낙엽 흩날리는
가을 길을
쓸고 가는 저 바람

가을바람은 때로
마른 나뭇가지에 앉아
홀로 서럽게 운다

먼 산 아래

멀리서 바라보면
아름답게 보이지만

가까이 보면
고단한 삶

여기서 보면
저기가 먼 산 아래

저쪽에서 보면
여기가 먼 산 아래

우리는 모두
먼 산 아래에 산다

노고단 운해

산 건너 산
가득히 밀려오는 운해
그 광활한 바다에
탄성은 쏟아져 내리고

너그러움에 안기어
세상 욕망은 의미도 없었다
가슴 한 쪽에 잠긴
상처도 아픔도 아무것도 아니었다

다시는
어리석음 채우고 싶지 않았다
지치고 힘들 때
따뜻한 격려 얹어주고 싶었다

문득 문득
메마른 마음속으로 밀려오는
그 찬란한 노고단 운해

* 19741001 지리산 종주산행 – 노고단에서 천왕봉까지

천왕봉 가는 길

아파도 고달파도
대신할 수 없는 길
정직하게 쌓아야
닿을 수 있는 산마루

종잡을 수 없는 날씨
비오다 바람 불다 쨍쨍거리다
몸은 천근만근
몸이 고달프니 갈 길은 더 멀어

산을 오르는 건
인내하는 시간
걸음의 빠르고 늦음보다
한 번 마음먹은 약속의 완성

산에 사는 꽃들은
바람에 시달려도
인내를 버리지 않는다
언제나 늦지만 맑게 웃으며 온다

한라산

화사한 꽃 만나러왔더니
산이 울고 있네

성판악 고갯길
바람에 실려 서럽게
나뭇가지 끝에서 우 우 우
옷자락 흔들며
밀려오는 안개
가지마다 맺히는 눈물

실컷 울고 나면 더 넓어져
모두 안을 수 있겠지요
눈물로 씻고 나면 더 맑아져
반짝이는 이파리 펄럭이며
서운한 맘 다 씻어지겠지요

그 울음은 간절한 그리움
저 능선 어디쯤
진달래 만발한 꽃밭에 서면 알게 되겠지요

설악산

산 겨드랑이 파고드는 찬바람
가을은 능선을 내려와
화려하게 옷을 갈아입는다

깊은 계곡
굽이굽이 흘러가며 부르던 노래
여울목 지나며 조잘대던 이야기
모두 옛 길을 따라 떠나갔지만
맑고 푸른 물은
아득한 기억 속에서 물장구치며 웃는다

산정에 올라
산새처럼 동해를 바라본다
그리움은 잠기는 듯 다시 일어서지만
바위
저 침묵의 덩어리
세월의 무게를 이고
천년만년 앉아 있을 인고의 표상

세찬바람 옷깃 펄럭이며
한계령을 넘는다
언제 다시 만날까
허허로운 마음 고개를 넘고 또 넘는다

달마산

장마 그치고
새벽 찬바람에
달개비 입술이 퍼렇다

간밤 뇌성에 놀란 풀잎들
비바람에 쓰러졌다
따사로운 햇볕에 다시 일어선다

성난 바람
대밭 사이길 지나더니 순해졌다
주저앉고 싶어도 다시 일으켜 세우는
근육질 봉우리들

끈적거리던 근심덩어리
산정에 오르니 저절로 녹아내리고
땅 끝 저 멀리 점점이 떠 있는
에메랄드빛 섬 섬 섬

산장지기

여린 바람에도 흔들리는 나
거센 바람 길
높은 산마루 산장지기가 꿈이었다

살림살이 적으니 잃을 것 없고
욕심 없으니 마음 편하리라
맑은 물 청량한 공기 마시면 호사인 것을

문득문득 돋아나는 그리움
물 길러 밥하고 청소하고 이부자리 털어 말리고
시비 없이 산다면 얼마나 좋을까 싶었다

산에 살면
산처럼 무거운 벗이 있고
산을 사랑하는 사람이 살 거라는
꿈만 꾸다 빛바랜 세월

바람 불고
단풍 곱게 물든 날에는
마음은 그리움 따라 산으로 간다

오동도 동백

수십 년 떠돌다
돌아와 귀소본능처럼
동백섬으로 간다

그립던 갯바위
찬 바다에 얼굴을 씻고
반갑게 맞아준 오동도 동백숲길

넘실대는 파도소리
외로운 맘 다독이던 장고소리
두 팔 벌려 환영해 주던
수궁정은 자취도 없네

대나무 스치는 바람에
아침 안개 사라지고
어린 추억 하나 가슴에 고여있네

다시 찾아오리라
잊어버리라던
그 애잔한 기억 속으로
뚝 뚝 떨어지는 오동도 동백

향일암

해탈문 건너가다
좁은 문에 걸렸다

무거운 마음 탓인가
찌든 걱정
기름진 욕망 때문인가
숨이 컥컥 막혀 모두 내려놓고 간다

가벼워졌다
바람 지나듯
허리 구부려 바위 문 꿰어보니
원효대사 좌선대 앞
참선을 마쳤는지
대사는 간데없고 팻말만 앉았는데
방금 떠나신 듯 훈훈하다

망연히 떠난 곳 바라보니
하늘 끝이 바다인지
바다 끝이 하늘인지
그 끝은 푸르고 푸르다

모질게 따라다니던
근심 한 덩이
향일암 앞 바다에 풍덩 빠진다
아, 홀가분한 마음

곰배령에게

그래
같이 가는 거야
이파리 곱게 물들이고
비 맞아도 웃으며 가는 거야

어깨 마주하며
바람에 나부끼는 거야
저무는 노을 바라보며
풀벌레 소리 같이 듣는 거야

사랑도 미움도 아니야
명예도 높은 이상도 아니야
더불어 살고 싶은 거야
혼자 울고 싶지 않아

후회도 미련도 없어
몇 송이 꽃을 피우고
벌 나비 불러 잔치도 하며
우리의 약속
작고 귀여운 씨앗을 맺는 거야

낙엽 지는 날
보듬어주고 키워준 산등성이
어머니 품에 안기듯
고요히 잠드는 거야
그 위에 흰 눈이 쌓이고 또 쌓일 거야

공짜로 산 거다

수많은 날을 공짜로 살았다
맑은 물과 공기
따스한 햇볕 맘껏 누리며
가난해도 행복하게 살았다

동틀 때부터 해질녘까지
검정고무신 홑바지에 달랑거리며
넓은 들 높은 산
골짜기마다 누비며 살았다

자연은 너그러운 아버지
배 아프면 쓸어주고
슬픈 일이면 오냐오냐 등 두드려주며
얼러주고 안아주었다
배고프면 엎디어 물 마시고
계절 따라 먹여주고 입혀주고
온갖 것 다 베풀어 주었다

어려움을 돕는다 하지만
힘닿는 대로 조금일 뿐
넘치도록 받으며 살았다
빈손으로 와 이만하면 잘 살았다
어림짐작 해보니
이 넓은 세상 공짜로 산 거다

휴가

끝없이 나는 새는 없다
무덥고 힘든 날에는
꽃밭에 벌 나비도 쉬어간다

가다보면 쉼표가 있다
온쉼표 2분쉼표
때로는 되돌이표가
더 그리울 때가 있다

쉬어가기로 한다
고단한 영육에게
귀한 선물이 되기 위하여

가던 길 멈추고
먼 길을 위하여
잠시 무거운 마음을 내려놓는다

3부

우리의 가슴을
데우는 사람들

맛있게 먹는 모습
보기만 해도 좋더니
홀로 먹으려니 적막한 밥상

미운 정도 정인가
꿈속에선 가까이 오더니
깨어보면 간 데 없고

고향의 밤

까맣게 태우던
하루를 데리고
산등성이를 넘는 저녁노을

새들은
깃들 곳 찾아가고
마을은
고단한 몸을 길게 누인다

저문 들길 따라
멀리서 돌아온 어린 시절
달빛 함께 거닐다가

달도 바람도
나도
잠 못 드는 고향의 밤

보길도 세연정洗然亭

열려있는 세연정 창문 사이로
바람만 들락날락
뉘인가 귀한 손 기다리던
시인의 모습 아련하다

커다란 저 소나무
바람결에 어서 오라 너울대는데
찾아와 줄 이 없어
저 혼자 외롭구나

주인 없는 동대엔
겉 자란 수목만 가득한데
산새들 찾아와
저들끼리 잔치 하네

하루 종일
재잘대던 산새들
저녁 되어 제 집 찾아 돌아가고
세연정 모퉁이에 그리움만 남아있네

녹우당綠雨堂

맑은 날에도 초록 비 내린다는
백련동에 들면
덕음산 숲속 새 바람소리

어깨 튼실한 은행나무
이파리 억수로 매달고
오백년 세월
여기저기 기웃기웃

반가운 손 오시는 듯
땅 끝 마을 갯가
파도 타고 놀던 바람 종종걸음으로 달려와
은행나무 대 비자나무 숲 스치면
초록 비 내리는 청아한 소리

녹우당 처마에
영광과 애환 차곡차곡 새기는데
추원당 왕대밭 사이를
홀로 걸으면 가슴 저리다

* 녹우당

전남 해남읍 연동에 있는 녹우당은 효종이 고산 윤선도에게 하사한 수
원의 집을 1668년 현종9년에 해체하여 해남으로 이전하여 현재에 이르
고 있으며, 녹우당이라는 당호는 이서 선생이 지은 것으로 사랑채에 앉
아 있을 때 뒷산의 비자나무숲이 바람에 스치는 소리가 마치 비오는 소
리와 같다는 뜻에서 연유한 것임. 마을 입구 고산유물관에는 국보 240
호 공제 윤두서 자화상을 비롯하여 유물 2천 5백여 점이 전시되어 있
음. 〈해남윤씨 900년, 정미문화사〉

시제時祭

백포 고갯길 넘어
검은 바다 시린 바람에
삼백년 감싸주던 돌담도 허물어져 가네

닳고 닳은 대문토방은
자녀들 오간 흔적

산소 옆에 서있는 저 소나무
뿌리는 얼마나 깊은지
거친 바람에도 유유하다

내 마음 정갈하게 씻는다 해도
할아버지 앞에 엎드리니
여기저기 구겨진 자리

염려마라
이렇게 만나니 기쁘지 아니하냐
다독이는 저 바람소리

* 20101026(음) 공제공 시제恭齊公 時祭를 모시고

장춘정藏春亭

오라는 이 없으니
찾아오는 이 없어
외로이 서있는 장춘정

마당 쓸던 아저씨는 어딜 가고
잡초 사이엔 누가 씨 뿌렸나
유채꽃 활짝 피어
벌 나비 저희끼리 즐겁다

근엄하던 출입문은 사라지고
이끼 낀 돌담 사이로
사무쳐 떨어진 뒤뜰 동백
걸어온 길 바라보니 아득한 하늘

뛰어놀던 동무들
어디서 무얼 하며 사는지
돌아와 늙고 초라한 장춘정 앞에 서면
그도 서러워 가슴 무너지겠네

* 장춘정藏春亭 ; 명종 때 장춘 유충정(1509-1574)이 영산강변에 세운 정자

어머니

쨍쨍한 햇볕아래
수천당 넓은 벌 김 매시며
땀에 젖은 삼배적삼

화끈 달아 오른
고추밭에 엎디어 허리 펴지 못하고
그대로 흙이 되어버린 어머니

기쁜 날
슬픈 날
언제나 궂은 자리에
물마를 날 없더니

가신 길은
얼마나 멀고 고단한가
끝을 헤아릴 수 없는
외롭고 쓸쓸한 길

오늘도
처마 밑에 우두커니
홀로 앉아있는 그리움

염천炎天

기억 언저리
따라오며 함께 늙어가는 고향

검푸른 나뭇잎 사이로
청명한 하늘
풍성한 가을이 곧 올 것 같아도
쩍쩍 갈라지는 가뭄

냇가에 흐르는 하얀 은하수
밤새워 퍼 올리던 고단한 팔뚝
기진한 새벽
허기진 논두렁을 돌아
빈 물꼬 바라보던 아버지

깡마른 시절은 가고
콸콸 쏟아지는
양수기 물줄기 바라보면
저 멀리 아득히
흙빛 아버지 하얀 웃음

구두

낡은 구두에는
먼 길 돌아온
고단한 인생이 산다

시련이 걸어온 길
듬성듬성
외로움이 고여 있다

헛디딘 발자국마다
아픈 상처
돌부리에 채인 괴로운 흔적

갈라진 구두에
버리지 못한 추억이 남아있고
타다 만 희망이 배어있다

사부곡思夫曲

미운 맘
벌써 다 버렸다

소용없는 것
손때 묻은 것 버리지 못하고
애지중지 털고 닦아두고

뉘엿뉘엿 해 저물면
둘러봐도 인적 없고
붉은 하늘에 홀로 가는 기러기

맛있게 먹는 모습
보기만 해도 좋더니
홀로 먹으려니 적막한 밥상

미운 정도 정인가
꿈속에선 가까이 오더니
깨어보면 간 데 없고

부디 잘 지내요
나 금방 돌아갈 테니
다시 만나 재미나게 살자구요

유통기한

고단한 하루가
집으로 간다

가다가 서점에 들러
여기저기 구경하다
문득 문자를 보낸다

　나 지금
　책방에 있어요^^

은행에 들러 공과금 내고
상추 사가지고 왔어요~

　곧 갑니다
　상추 쌈 싸서
　한 볼태기 가득 물고
　마주보며 부라려 봅시다^^

할 얘기 있으면 미루지 말고
지금 해야 한다
유통기한 끝나기 전에

옹이

모진 바람에
상처를 입고
상처를 키웠다

상처에게
약을 주지 않았고
돌봐 주지 않았다

스스로 눈물을 닦고 웃어보였다
언제부턴가
옹이에서 송진향내가 난다

* 데레사 칠순 기념

너희가 꽃이다
-축시

아들아
사랑하는 며늘아
너희가 꽃이다

가뭄을 이겨내고 바람에 흔들리며 피어난
곱디고운 너희가 꽃이다
들판에 피어나는 작은 꽃도 예쁘지만
오월의 아침 싱그럽게 피어난 꽃은 더 예쁘다
꽃은 꽃들끼리 피어나고
꽃들끼리 좋아한다

고달픈 길도 함께하면 가벼워지듯
거센 비바람도 천둥도 두렵지 않아
때로는 철벅거리며 달려오는 소낙비에
넘어지기도 하겠지만
서로의 어깨에 기대어 일어나
얼굴 마주보며 털어주고 닦아주고
반갑게 미소 지으며
격려해 주는 모습은 얼마나 아름다운가

꽃들은 시기하지 않는다
미워하지 않는다
힘들고 벅찬 세상일지라도
꽃이 있어 즐겁고 행복하다
아들아 며늘아
너희가 꽃이다

아들아

아들아
네가 태어나 기뻤고
나의 아들이어서 행복했다

바람 부는 세상
생이란 가지 끝에 달린 작은 열매
거친 들판엔
여기 저기 진흙구덩이

아들아
나의 핏줄에서 떼어낸 아들아
바람 부는 벌판에서
상처입고 홀로 서있는 아들아
다시 일어나야 한다
나의 희망인 아들아

네 마음에 들지 않아도
세상은 흘러가는 강이다
세상의 무게는
혼자 짊어지기엔 너무나 무거운 침묵덩어리

상처는 아프지만
마음은 더 단단해지는 것
기도는 땅에 떨어지지 않는 것
너에게 영광이 있으라

* 20120115 아들의 퇴직

괜찮아요

때로는
잘 못 들어선 길이 있다

한참 가다가
중간쯤 내려

버스를 잘 못 타서 미안해 동하야

네 살백이 동하가 웃으며
괜찮아요 그럴 수도 있잖아요

바람은 찬데 종종걸음
아이 손잡고 걸으니
솜처럼 따뜻해지는 하루

만남

고맙다 친구야
늙고 병들어 하찮은
나를 보러 여기까지 와주다니
고맙다 친구야

그래그래 반갑다 친구야
힘없고
별 볼 일 없는 나를
이토록 반겨주고 환대해 주다니
자네가 있어 행복하다 친구야

남은 세월
이런 만남 몇 번이나 더 있을꼬
오늘밤은 인생도 삶도 풀어두고
그동안 쌓인 그리움이나 마셔보세

암병동 1056호실

친구여 우리는
우여곡절 50년을 지나 여기까지 왔네
어려움도 있었지만
기쁨과 슬픔은 언제나 반반이었지
스스로 위로하며 산다는 것이 허허롭지만
쓸쓸한 세상 함께 걸어온 날들이 고마울 뿐이네

더운밥 찬밥보다
외로워 목매인 밥이 더 많았지
빈 들판 거닐 때
손 잡아준 건 누구였던가
따스한 눈으로 뒤돌아보면
이 세상 무탈하게 지나온 건 이웃 덕분 아니던가

귀여운 열매 키우며 행복했었지
타는 무더위에 갈라지는 갈증
찢어지는 폭풍우도 잘 견디어 주었지
참 훌륭한 농사꾼이었어
이만하면 대단한 거야
우리에겐 쓴 인생도 단맛이었고 고통도 축복이었지

해는 저물고 찬바람 불어오지만
해거름 길을 마저 걸어가야지 감사하는 마음으로
주님의 은총으로
병상의 괴로움을 툭툭 털고 일어나
환한 웃음 다시 보여 주시게
그 넉넉한 얼굴

* 20141127 김 바오로 암병동 1056호에 입원

달맞이 고개

그리워도
부르지 않기로 다짐해 놓고
잊을 수 없어

바람 부는 청사포
그리운 이 오시는가
바람길 따라 길을 나선다

우직한 갯바위
출렁이는 바다
내가 울지 못해 파도가 운다
바닷새가 운다

어찌하라고
달맞이고개 너머
그대 품 같은 하늘에
해맑은 달이 뜬다

* 청사포의 엘리사벳 자매님께

꽃무늬 바지

5일장 노점에
푸성귀와 함께 앉아있는
꽃무늬 바지

주름에 배어있는 그리움
들에 산에 흩어져 사는
어린 이파리
꽃무늬 바지에 가득 품고 산다

슬픔도 아픔도 같은 줄기
못 팔아도 좋고 팔면 더 좋고
꽃무늬로 활짝 웃는다

기력은 떨어져도
웃음은 잃지 말아야지
오늘도
햇볕 깔고 앉은 장터에
꽃이 피고 또 핀다

쓸쓸한 세상 한 모퉁이에

생활 사이에 낀 먼지 털어내고
가벼워진 마음으로 길을 나선다

아버지
더 늦기 전에
가고 싶은 곳 있으면 가시고
들고 싶은 것 맘껏 드세요
손이 흔들려
들 수 없을 땐 수저를 대신 들어드릴게요

그 모든 기억 잃어 버려
가족을 알아볼 수 없어도
걱정하지 마세요
행여 실수를 하더라도
마른자리 마련해 드릴게요
힘들다 하지 않고
눈 흘김 없이 기쁜 마음으로 옆에 있을게요
낳아주시고 길러주신 은혜 잊지 않을게요

쓸쓸한 세상 한 모퉁이에
사랑이 꽃처럼 아름답게 피어있다
간호하는 마음이 꽃처럼 향기롭다

* 20131109 관산아저씨 셋째 현미에게

4부

흔들리며 가는 배,
깨우치면서 가는 삶

그리운 고향 하늘
기억을 더듬어 간다

고집부리는 새
다투는 새 하나 없이
게으른 새
홀로 가는 새 하나 없이

신망애信望愛 집

아무리 힘들다 한들
여기저기 고장 난
당신만 하겠습니까

아름다운 진실은
작은 것에 담겨있고
행복은 땀에 젖어 온다는데

스스로 움직일 수 없는 당신께
어깨를 내어 주고
떠먹을 수 없는 당신께
팔이 되어 주고
앉을 수도 걸을 수도 없는 당신
손톱발톱 잘라주며 기도하며

돌아보면
나는 얼마나 행복한 사람이었나
행복에 겨워
호사를 누리며 살면서도
투정하며 살아온 고장 난 마음

* 신망애信望愛 집 ; 서울시 서초구 양재동 장애우가 사는 집

꽃동네

꽃이 모여
꽃 천지입니다

꺾이어 시든 꽃도
짓밟히던 꽃도
화원에 모여 꽃밭이 되었습니다

사랑이 자라 숲이 되었습니다
외로움도 아픔도 사랑입니다
미움도 슬픔도 사랑의 숲이 되었습니다

고단한 몸
돌아가 쉴 곳
꽃들이 모여 꽃동네가 되었습니다

* 20140202 황 타대오 수녀님 서원誓願

어머니 선물

사제서품 받는 날
어머니가 주신
작은 상자 하나

고이 접은 배냇저고리
젖 먹던 옷
그 위에 편지 한 장

서툰 글씨로 또박 또박
신부님 잊지 마세요
신부님도 이렇게 작은 사람이었답니다

작지만
높고 크신 어머니
그리운 어머니

* 20130413 오 루도비꼬 신부님 강론 중에서

기우杞憂니라

생각하면
어둠속에서 얼마나 답답하였나
무슨 일이 다가올까
가시밭길은 없을까
사나운 짐승은 만나지 않을까

깜깜하니
분간할 수 없다
두렵고
무서웁다

하늘의 새도 굶지 않게 돌보아 주시는 분*
염려마라
하늘이 내려앉을까 두려워 마라
기우니라
세상 걱정 9할은 기우니라

* 20140302 알퐁소 신부님 강론 중에서 – 마태오복음 6장 인용

울지 마 톤즈

살면서 기쁜 것은
노란 싹이 힘을 모아
고물고물 고개를 들고 일어나는 것
봄바람에 기지개 켜며 쑥쑥 자라는 것
거친 바람 지나 간 뒤
상처투성이 다시 일으켜
몸을 말리며
서로서로 안부를 묻는 것

살면서 감동적인 것은
허물어져 가는 삶을 사랑하는 것
따가운 햇볕 그늘에서
서로가 서로를 그리워하는 것

끝나지 않는 사랑
홀로 먼 길을 가야 하지만
자꾸자꾸 뒤돌아보는 것
뒤돌아서면
자꾸자꾸 눈물이 나는 것

* 20140223 故 이태석 신부님의 제자들 기록영화 "남 수단 톤즈 브라
  스밴드 한국에 오다"를 보고

95

부석사浮石寺

그리워서
가만히 불러보면
마음속에
우수수 쏟아지는 은행잎들

부석사 오르는 길
그리우면
저렇듯 곱게 물들여 놓고
애타게 부르는가

잘 다듬어진
무량수전 배불뚝이 기둥을
요모조모 살펴보지만
잠시 눈동냥으로
천년 애환 짐작이나 할까

안양루에 올라
시간조차 스며드는
첩첩산중 바라보니
생의 오고 감은 순간이었네

마이산 탑사塔寺

돌탑을 보고 있으면
겸손해집니다
교만은 한 개의 돌보다 가치 없다는 것을
알게 됩니다

돌이 생명을 얻어
이렇게 고귀하다는 것을
돌이 모여 서로
외롭지 않다는 것을 알게 됩니다

마이산 탑사에 가면
돌도 침묵도
저렇게 빛날 수 있다는 것을
알게 됩니다

운주사 부처님

후덥지근한 여름이
논 가운데서
땀을 뻘뻘 흘리고 있다

운주사 언덕길
가파른 숨 몰아쉬며 올라보니
소나무 그늘에 누워
투박하게 웃으시는 부처님

밀짚모자 그늘에
까맣게 탄 얼굴로
잠시 허리 펴고 긴 논두렁 돌아보며
흙빛으로 웃으시던 아버지

꽃 꺾지 마라

저 꽃들은
모양 색깔 다르고
향기가 달라 서로 이웃이 되었다

거친 바람 불고
찬 서리 내릴 때도
꽃들은 함께 견디어왔다

세상은 왜
사랑과 미움이 같이 살아갈까
우리의 하늘은 왜
동서남북으로 갈라져 있을까

모양과 색깔
향기가 다르다고
꺾어 버릴까

꽃 꺾지 마라
꽃은 웃음을 주었을 뿐
서로 미워하지 않으니

봄날은 간다
- 세월호 침몰 1주기

그만하면 됐다
슬퍼하지 마라
지겹다
억지 쓰지 마라며
불행을 짓밟는 사람들

듣기 싫다
아무소리 하지마라
해도 너무 한다
놀러가다 생긴 일
자식 갖고 돈 장사하나
아픈 상처에 소금 뿌리는 사람들

그게 아니잖은가
어둠을 몰아내고 환하게
거짓을 거둬내고
억울한 맘 위로하며
잘 살아 보자는 것 아닌가
썩은 곳을 도려내자는 것 아닌가

통렬한 반성도 없이
팽목항 안부도 없이
속절없이 꽃잎만 지고
봄날은 간다

고향 가는 길

그리운 고향 하늘
기억을 더듬어 간다

고집부리는 새
다투는 새 하나 없이
게으른 새
홀로 가는 새 하나 없이

앞서거니 뒤서거니
먼 고향 길 격려하며 간다
정들었던 들녘 뒤로하고

잘남도 못남도 없이
진보도 보수도 없이
위로하며 다정히 간다

나는 옳은데 너는 틀리다
헐고 뜯지 않으며
남남갈등 남북갈등 없이
고향 찾아 가는 저 많은 새들

들길

슬퍼하는 꽃들이 눈물을 흘려도
닦아주지 못했고
어린 새들이 아프다 해도 위로해 주지 않았다

슬퍼하는 꽃들의
눈물을 닦아 준 저 바람과
시련을 견디어 낸 풀들과
설움 이겨내고 고향 찾아가는 새들은 행복하다

슬퍼하는 꽃과
힘들어 하는 새들을 길러낸 자연은 따뜻하다
푸른 저 들판을 지켜 온 풀들은 순결하다

어둠속에서 희망을 버리지 않고
고난과 슬픔을 극복해온
촛불 밝혀 든 함성은 엄숙하다
자기의 생명을 바쳐 나라를 지켜온 민중은 위대하다

귀향歸鄕

우리 가슴에 깊은 상처
지워지지 않는 흉터가 있다
짓밟은 자는 모른다
상처만이 그 아픔을 기억한다

통한의 땅
그리움도 눈물도 허락지 않는
댐 활주로 땅굴 지하막장
강제노역 아비규환의 땅에서
살아도 죽어서도 혹독했다
양심도 없이
잔인한 땅위에 휴지처럼 구겨진 채
허허로운 풀밭 사이 묘지도 없이 버려져
황량한 세월은 춥고 서러웠다

열아홉 살 한 맺힌 슬픔이 구천을 떠돌다
먼 길 돌고 돌아
고향산천에 고이 누웠지만
멍든 어머니 강산은 굽이굽이 아리고 슬프다
어찌할까
아직도 아물지 않는 저 상처를

* 20151001 KBS 특집: 70년 만의 귀향
  - 201409 홋가이도 강제 징용자 115위는 귀향 하였으나 아직도 2,743
    위는 돌아오지 못하고 있다.

멍에

천 삼백 번의 수요일이
일본대사관 앞을 지나갔다
부글거리는 오욕의 역사를
어금니로 누르며

아파서 너무나 아파서
사과하는 말이라도 듣고 싶었으나
들리는 건 비열한 변명 뿐

위선에 가려있는
치사한 외면
불러도 불러도 허망한 메아리

깊이를 가늠할 수 없는 응어리
언제쯤 간교한 거짓말은
소녀 앞에 무릎을 꿇을까
무거운 멍에를 벗을 수 있을까

대답하라
대답하라
용서의 기한이 끝나기 전에
구천의 한이 더 서리기 전에

동곤이

동란 중 홀로되어
천대와 놀림뿐
찾아주는 사람 없이

아득한 인생
바꿀 수 없어
주어진 대로 사는 동곤이
불행을 모르니 행복도 모른다

추위에 떨어도
찢어지게 아파도 웃으며 산다
배고픈 죄밖에
왜 맞는지 모른다

싸락눈이 내리던 날
토굴마저 헐리고
팍팍한 세상을 위해
사나흘 슬피 울었다

달은 북풍에 떨고
두견새는 밤마다 돌아 와 우는데
동곤이는 다시 오지 않았다

아직도
청룡산 양지바른 솔밭사이로
아련히 들리는 동곤이 신음 소리

불량품

세상에는 종종 불량품이 있다
먹어야 할 음식이 있고
먹지 말아야 할 음식이 있다

가끔은
만나지 말아야 할 사람도 있다

노숙자

살을 에는 찬바람 소리
마른기침 소리

종일 헤매어도 삭풍 속
어디서 굽은 허리 펴볼까

배웅 없는 이별
– 고독사

삶이 아프다
고독 위에
힘없이 떨어지는 죽음
5년간 백골로 살았다

가족은 있어도
가진 게 없으니 무연고
텅 빈 공간 쓰린 슬픔으로 살았다
가랑비 스미듯
가슴에 고독을 품고 살았다

보이지 않는 죽음
배웅하는 사람 하나 없이
무섭고 아득한 길을 홀로 넘었다

삶이 아프다
무연고가 가는 곳
번호만 있을 뿐 묘지도 이름도 없다
10년 후
그 흔적마저 사라진다
존재는 그렇게 지워진다

* KBS 집계 ; 2013년 고독사 1,717명
  – 10년이 지나도 연고가 없으면 땅 위에 뿌려진다

생의 끝자락

한 생이 무너지는데
이렇게 간단하고 허망한가

짭짤한 삶이
고래심줄 같은 목숨이
이리 쉽게 끊어져

자식도 친구도 형제도
불러봐야 소용없는
불면 날아가는 연기인가

몇 송이 국화꽃
한줄기 눈물
몇 마디의 기도가 전부인가

이것이 삶인가
이것이 생의 끝인가

5부

따뜻한 것들이
오는 곳을 알았다

이제와 보니
삶이 詩였고
고통이 마음을 단단하게 했었지
슬픔까지도 행복이 되었어

서점에 가면

서점에 가면
햅쌀 밥 짓는
고소한 냄새가 난다

책을 펼치면
시장기가 돈다
식욕이 돋는다

당신

별을
바라보는 사람은
겸손합니다

꽃을
바라보는 사람은
아름답습니다

향기로운 곳에 가면
향기가 몸에 배듯

당신 곁에 있으면
미소가 스며듭니다
당신은 다정하기 때문입니다

덕향만리

아늑한 마을
좋은 이웃과 살고 싶겠지만
내가 먼저
좋은 이웃이어야 하는 것을

난향백리
묵향천리
덕향만리
사람의 덕이 만리를 간다는 말씀
솟구치는 화부터 누르고
부글부글 마음속 옹졸함도 빼고
사는 일 더러는 게으름도 피우면서
늦춰 가며 살고 싶어

채우는 버릇 덜어내야지
허세도 시비도 말고
매사 너그럽고 따뜻한 맘
누구에게나 덕이 되고 싶은 맘

* 20140611 추원당 윤승현의 편지(덕향만리)
중국 남북조 시대 송계아라는 고위관리가 정년퇴직을 대비하여 자신
의 노후에 기거할 집을 보러 다니다가 여승진이라는 사람의 이웃집을
사서 이사하였는데 이상하여 송계아에게 물으니 백만금은 집값으로
냈고 천만금은 당신의 이웃이 되기 위하여 덤으로 지불하였습니다, 하
였다.

잊고 살았어

빨리 걸어야
가장 먼저 도착하는 줄 알았어

분주한 세상
한참을 달려와 보니
세월이 저만치 뒤따라오고 있었어

온갖 꽃이 피고 지던 날
푸른 잎 속에 남아있는 꽃도
아름답고 소중하다는 것을 알았어

지나고 보니
저마다 그윽한 향기가 있었어
와―곱다 이쁘다
그 따뜻한 미소 잊고 살았어

사랑은 고통까지 함께 해야 한다는 것을
봄이 한참 지난 뒤에야 알았어

이웃

어찌
사람만이 이웃이랴

청정히 살면서
이웃에게 도움 주는 나무들과
들녘 곱게 철철이 피는 꽃
청아한 바람소리
풀숲의 벌레소리
먼 산 정겨운 뻐꾸기 소리

골짜기마다 흐르는 시냇물
거슬러 오르는 송어
건듯건듯 손짓하는 원추리
하늘에 달과 별
그 모두가 이웃이었네

마음의 문

외로우신가요
고독하신가요

세상은 열려 있는데
그대의 마음이 닫혀 있습니다

참새

꽁꽁 언 아침
추위를 털어내며
걸음이 분주하다
허기진 참새 떼

쥐똥나무에서
아스팔트로
낱 알갱이 주우러
바쁘게 날아든다

참새 떼
백수는 하나도 없다
참새의 하루
오늘도 치열하게 살아간다

칠순七旬

바람이 불었다 그쳤다
구름이 몰려왔다 흩어졌다
하늘이 복잡하다

비바람 거세게 불어
나뭇잎 부대끼고
꺾어지고 넘어지고
산도 복잡하다

칠순을 살았어도
그립다 미워졌다
아직 내 마음도 복잡하다

골절

잘 못 넘어지면 뼈가 부러지지만
욕심이 지나치면 인생이 무너진다

조심 또 조심

도토리묵

남 배고픈 설움
외면하면서

등 따뜻하고 배부르니
허세 부리며
청맹과니로 살았구나

경치 좋고 물 맑은 냇가에 앉아
도토리묵 맛있다고
자연산이 제일이라며
흥을 돋워가며 즐겼는데

아 그렇구나
무심코 먹은 도토리묵
다람쥐 양식이었구나
배고픈 다람쥐 생각도 못 했구나

오늘 저녁
굶주린 다람쥐 생각하며
뉘우치는 마음으로
허기지도록 굶어 반성하고 싶구나

파도

스스로 머리를 부딪쳐
속 깊은 상처를 내고서
슬피 울어대는 파도

죽음으로 다시 살기 위해
제 속을 하얗게 뒤집으며
끝없이 몸부림친다

나는 한 번이라도
저렇게 몸부림친 적이 있었던가
生의 먼지를 닦아 낸 적이 있었던가

오늘은 파도치는 바닷가에서
파도와 함께 울면서
몸부림치며 닦아내고 싶다

눈부시도록 새하얀
조개껍데기가 되고 싶다

쌀

한 줌 쌀에는
어린 모 키워낸 땅의 수고가 있다

밤새 울어대던 풀벌레 소리
이른 아침 이슬 터는
아버지 젖은 발자국소리 배어있다

가격표에는 보이지 않지만
농부의 땀방울
쩍쩍 갈라지는 뜨거운 벌판
모진 비바람 견디어 온 벼의 고통이 있다

밥알 한 톨 쉽게 버리지 마라
밥알 한 톨에도
태양의 온기가 배어있고
달과 별과 농부의 그림자가 스며있다

산골짜기 별

산골마을의 별은
통통하고 귀엽다

매일 밤 내려와
새벽까지 놀다 간다

산골 사람들은
별을 건져낸 물로 아침을 짓는다

목어木魚

속 다 뺐으니
속 썩을 일은 없겠고

쓸개마저 없으니
배알도 성깔도 없겠다

하루가 멀다 하고 두들기니
어찌 부드럽지 아니 할까

이제 다 비웠으니
청아하고 해맑은 소리 뿐

* 홍사성 시인의 「목어」 풍으로

세상

무심한 세상을
꼬집어본다
눈 하나 꼼짝 않는다

새침때기 세상을
손가락으로 간지려 본다
그래도 꼼짝 않는다

귓속말로
너를 좋아 해
빙그레 웃는다

시의 강

젊음은 늘 혼자였다
산길에서 비를 맞으며
황량한 들길을
아파하는 청춘과 함께 걸었다

폐교의 종처럼 외로울 때
적막하고 쓸쓸할 때
따스한 손길이 얼마나 그리웠나
상처를 보듬어 줄 사람
슬픔을 위로해 줄 사람

사랑이 상처를 만들고
아픔이 시를 만들었다
내가 만난 사람이 나를 만들었고
내가 살아 온 날들이 시가 되었다

한 뼘 남은 여백을 시로 채운다
가뭄에 목마르고
장마에 잠기면서
작은 줄기 흘러 시의 강으로 간다

시詩

삶은 숙성의 시간
발효된 삶은 생명
시는 생명이다

생명은
진통과 함께
태어나는 것
시는 아픔이다

높이 나는 것
자유의 갈망
바람은 자유
시는 바람이다

청명한 날

바람 잦아들어
여행하기 좋은 날

찾아갔더니 벌써
떠나고 아니 계십니다

너무 늦었나 봅니다
휑한 가슴에
그리움만 가득 채우고

낯선 바닷가
외로움을 줍다가
그냥 돌아왔습니다

그리운 얼굴 잊을 수 없습니다
그리움이 삭아
외로움이 되었습니다

다시 부르는 노래

아득한 시절 부르던 노래
웅얼거리며
꿈꾸며 살았지

꿈은 저만치 앞서가고
오늘은 언제나
고달프고 힘들었지만

이제와 보니
삶이 시였고
고통이 마음을 단단하게 했었지
슬픔까지도 행복이 되었어

시와 함께 걸어야지
노래 부르며
해 저문 강을 따라

조용함이 바라보는 격정과
친화의 시선

최창일(시인, 이미지 문화학자)

조용함이 바라보는 격정과 친화의 시선

– 윤평현 시집『무릎을 꿇어야 작은 꽃이 보인다』를 읽고

최창일(시인, 이미지 문화학자)

두근거린다. 윤평현 시인의 시단 데뷔, 첫 시집을 만나는 것은 우주를 관찰하는 천문학자가 별을 발견하고 구체적인 어떤 수량數量으로 말할 수 없음과 같기 때문이다. 시는 눈으로 오지만 가슴과 신체 어디에 도달할지 모르는 것이다.

시인은 생의 결빙結氷된 언어의 극점을 녹여 만든 이미지를 꺼내는 정신의 지문과 같다. 사물과 사람사이의 바깥에 숨겨진 내가 알 수 없는 심연深淵의 싹을 틔운다. 포박된 아픈 영혼에 따뜻한 온기를 주려고 애쓰며 고독한 밤이 되기 일쑤다.

윤평현 시인의 시는 '사람이 없는 곳에는 평화', '사람이 있는 곳에는 행복'이 담상담상하게 투영된다. 그리고 아주 느리게

다가오는 특징이 있다. 그렇지만 울림의 여운은 멀리서 들려오는 북소리와 같다. 윤 시인이 그리는 언어의 집에서는 '조용함이 바라보는 격정과 친화의 시선'이 주인이다. 그 안에서 자기를 발견하고 자신을 투사 한다. 넓은 의미의 모든 시의 추구는 인간에게 평화와 행복을 담는 것을 주제로 한다. 한걸음 더 들어가면 사람에게 심미적 경험을 준다.

『무릎을 꿇어야 작은 꽃이 보인다』 윤 시인의 시집은 사목자司牧者와 같은 경건이 흐른다. 시인이 바라보는 앵글에 담겨 있는 모습들이 영상처럼 펼쳐진다. 시 앞에 마주선 독자에게 속삭인다. 우리는 모두 같은 곳의 우아優雅한 시를 만나게 된다고.

시가 추구하는 행복의 역사는 2천 년 전이다. 철학자들은 행복의 근원을 알기 위하여 무던히 토론하기 시작했다. 시인은 행복을 토론하는 철학자와 같은 결을 갖는다. 철학자가 행복의 근원을 알고자 한다면, 시인은 사람이 가는 청교도적 삶을 묻는다. 시의 길이란 막연한 길이 아니라 근원적인 인간의 길을 말한다. 대표적인 사람이 시경詩經을 편집한 공자(B.C551~B.C479)를 든다. 시경은 시의 경전으로 일컫는다. 사람이 바른길로 나가면 행복은 저절로 온다는 것을 알린다. 공자는 법무부 장관을 5개월여 짧게 지내고 정치를 떠난다. 그의 길은 오로지 삶의 방향을 위한 것이었다. 공자는 선학들의 시를 수집하는데 여생을 보냈다.

윤 시인의 시를 찬찬히 감상하면 마치 공자가 말한 시경을 보는 것 같다. 이 같은 현상은 윤 시인에게는 시조시인인 고산 윤선도(1587~1671) 선생의 문중 내력이 보인다.

고산 윤선도 선생은 치열한 당쟁을 학문으로 승화하며 일생을 보냈던 학자다. 선생은 당시 가사문학의 대가인 정철(1536~1593), 박인로(1561~1642) 선생과 한국의 시조문학의 기초를 만들기도 했다. 우리 국문학사에 고산 선생이 미친 영향은 절대적이라는 것은 시를 공부하는 후학에게는 사전으로 통한다.

사람은 보이지 않는 혈연을 무시 할 수 없다는 것은 과학이다. 이렇듯 윤평현 시인의 시적 영향은 보이지 않는 유전과 같아 보인다. 윤 시인의 시는 고산의 문학적 기질이 연연히 배여 있다.

고산 윤선도의 문학은 자연을 소재로 한 시조를 창작했다. 특히 수水, 석石, 송松, 죽竹, 달月을 친구 삼은 〈오우가五友歌〉는 한글의 아름다움을 한껏 살린 시조로 평가된다.

고산의 시간은 세종대왕이 한글을 창제하고 100년이 지난 시대지만 한글을 사용하는 사람은 여자와 평민이었다. 고산은 양반들이 한글보다는 한문만 사용하는 것에 우려를 가졌다. 과거시험이 한문으로 치른 관행은 마음이 쓰였다. 그리고는 고산의 문학에 하나의 획을 긋는 〈오우가〉와 〈산중신곡〉, 〈고산별곡〉 등으로 한글 작품이 나온다.

이렇듯 윤 시인의 시, 자연을 노래한 시들은 마치 고산선생의 〈오우가〉를 만나는 느낌이 들기도 한다.

바람이 불어오고
구름이 몰려간다
새들은 떠나야 다시 돌아오고
꽃들은 시들어야 다시 만난다

저 산과 강과 들은
꽃들의 집이고
새들의 뜰이고 나무들의 정원이다
꽃과 새들은
차표가 없어도 어디든 갈 수 있고
등기부등본이 없어도
어디에나 집을 짓고 아이를 키운다

경계도 벽도 없는 하늘
소유권 없어도 어디나 살 수 있는 새처럼
노루처럼 뛰어다니며 살고 싶다

「종합예술」 전문

시 「종합예술」이다. 고산이 〈오우가〉에서 우리말의 장점을 다듬어 세련되게 표현하듯 윤 시인 또한 자연을 대함이 사뭇 장중하다.

서정시는 자기 표현적 속성과 자연 친화적 시선을 바탕으로 하는 고백과 성찰의 발화發話다.

시인은 자기 자신을 노출하기 보다는 자신의 내면을 사물의

파동을 유기적으로 불러들여 제시하고 결합하는 것이 서정시의 높은 수준을 구현하고 전달한다.

윤 시인의 시세계는 서정시의 양식적 특성을 지속적으로 견지해 왔음을 엿보게 한다. 이 같은 윤 시인은 자연물들의 특질을 관조하는 모습들이 영락없이 고산 선생께서 기침을 하며 다가오는 아침이다.

시인은 새벽미사를 다녀오는 바람을 만난다. 과학자의 눈으로 본다면 미사에 다녀온 바람과의 대화는 터무니없는 일이다. 시를 포함해서 모든 예술은 반드시 무엇인가 표현한다. 사용되는 재료, 즉 표현매체의 차이에 따라 예술의 장르가 구분된다. 그림은 색채다. 음악은 소리다. 시의 경우엔 언어다. 오직 언어를 통해서만 시는 표현의 기능을 수행한다. 당연한 일이지만 좋은 시는 그 표현과 사물과의 관계를 능숙하게 이해하는 결과인 것이다.

솜씨가 뛰어난 기능사는 자기가 다루는 재료의 성질을 잘 알고 있지 않으면 안 된다. 돌을 다듬어 조각품을 만들려고 할 때 석공이 먼저 살펴야 할 것은 그 돌의 생김새와 결, 강도 등으로 열거될 수 있다.

언어의 직공인 시인의 경우도 사정은 같다. 여기서 돌을 다루는 석공은 돌의 성격만 파악하면 된다. 시인은 돌과의 대화를 해야 하는 '의미의 그릇'을 가져야한다. 윤 시인의 자연에 대한 해석과 개념은 자신의 재해석의 언어를 가졌다.

이번 시집의 1부는 그동안 알려지지 않은 새로운 시인의 경험을 자연을 통하여 시적 음역音域을 알게 한다는 데 의미가 크다.

　뜨거운 입맞춤
　절정絶頂이 지나간 자리

　모닥불은 꺼지고 재만 남았다

「처서」 전문

　위의 시〈처서〉는 절기, 계절을 일컫는다. 처서는 24절기 가운데 열넷째 절기다. '처서는 귀뚜라미 등을 타고 온다'는 시적 표현도 있다. 그토록 뜨거운 시간을 처서의 서늘한 바람이 계절을 식힌다.
　시인은 계절의 시간을 우주적인 관점으로 접근하는 큰 스케일이다.
　짧은 3행시지만 한 계절의 모습을 통째로 담아내고 있다. 작열하는 여름의 시간들을 '모닥불이 꺼지고'라는 영상법으로 서늘한 시간을 불러들인다. 여기에서 우주적인 감각이란 달이나 별을 바라볼 때와 같은 뜻이 아니다. 현실적 이해利害를 의식으로 사물을 관조觀照할 때 얻게 되는 것을 말한다. 사물이 우주적인 질서를 구현한다는 표현은 프랑스 시인 폴 발레리(1871~1945 Paul Valery)도 같은 시선으로 일찍이 구사하기도 했다.
　그는 "생각하는 대로 살지 않으면 사는 데로 생각하게 된다"는 명언을 남긴 시인이다.

시의 기능은 사물을 관조하고 그것을 상상으로 변용시키게 된다. 상상력은 사물을 상식이란 이름의 인습의 거울에 비친 대로가 아니다. 오히려 보이는 것을 거부하고 여태까지와는 달리 새롭게 바라보는 힘이다. 우리가 시인의 시선을 신비롭게 생각하는 것은 기존의 인습, 즉 거울에 비추는 모습이 아니라 사물을 지각知覺의 자동화自動化 현상으로 보기 때문이다. 같은 시인의 세계에서도 동료 시인의 앵글을 신비롭게 보는 이유는 전혀 다른 지각으로 언어의 건축을 만들어내는 것이 호기롭기 때문이다.

하나의 예로 셰익스피어 소네트 시에 '내 마음의 주인이여, 당신을 위해 시계를 보고 있는 동안은/ 끝없이 지리한 시간을 감히 탓 할 수 없습니다.'라는 구절이 있다. 시에서 사랑하는 사람에 대한 구체적인 말은 않는다. 시를 감상하는 독자에게는 많은 내용을 상상케 한다. 그것은 사랑하는 사이에 타자가 서성이는 결과로 연인과의 과정을 상세히 보고 듣는 것과 같다.

윤 시인의 〈처서〉는 타자들에게 처서의 가운데서 거닐게 하며 사물을 보는 시각의 차이를 만들어 준다.

온 동네 꽃들이 우르르 피어납니다
천국입니다
천국에 살면서 때로는 어렵게 살아갑니다

마음먹기 달렸지요
훌훌 털어 버리면 후련할 것을

채우고 또 채워 넘치도록 삽니다

꽃은 혼자 피었다가
쉬엄쉬엄 지는 것을
삶은 서두르다 지나쳐 갑니다
다시 못 올 강을 건너고 맙니다

온 동네 꽃 피어 천국입니다
천국에는 미움도 슬픔도 없다지요
봄비에 꽃 피더니
봄바람에 꽃이 집니다

「봄」 전문

  시인들의 창작시 중, 봄이라는 주제가 비교적 많다. 봄은 생동의 계절이며 시작의 시간이기 때문에 은유와 비유의 대상이 차용된다.

  윤 시인의 「봄」의 시는 매우 속도감이 있다. 빠른 기차를 타고 지나간 물체를 순식간 보는 느낌이다. 사실 봄은 고개를 한번 쳐들고 보는 사이에 무성해 진다는 말이 있다. 이렇듯 변화의 봄을 언어라는 집을 가지고 팽팽하게 나타냄은 시의 위력이 아닐 수 없다.

  한국문단의 대들보라는 미당 서정주 선생의 「국화 옆에서」시는 평자의 다양한 해석들이 있는 대표적 시다. 미당은 「국화 옆에서」를 만들며 3연을 먼저 써놓고 보니 1연과 2연이 저절로 왔다고 한다. 그러나 마지막 연을 만드는 데는 많은 시간이 걸렸다는 미당의 작품뒷이야기가 있다. 대가 서정주가 비교적 수월하게 썼을 것이라는 기대와는 다르게 상당한 산고 끝에 완성된 작품이라는 것을 알 수 있다.

시에도 종자가 있다는 이형기 시인의 말처럼, 윤 시인이 「봄」이라는 주제에 싹을 틔우게 하는 것은 감상하는 독자에게는 순간이지만 시인이 봄의 결련結聯은 어려운 산고의 시간이 따랐을 것이다.

온 동네 꽃들이 우르르 피어납니다/ 천국입니다/ 천국에 살면서 때로는 어렵게 살아갑니다

1연의 시작은 마치 영화 벤허의 백마白馬들이 로마 광장을 힘차게 내달리는 마차처럼 느껴진다. 천국이라는 높고 거대한 단어적 의미는 타자의 가슴을 시원하게 열어준다. 감상자마다 느끼겠지만 군더더기 없는 시를 감상한다는 것은 전율이다. 마치 시한편이 지구본을 몇 번을 돌리며 세계를 돌아보는 느낌이다.

그렇다고 무조건적인 봄의 예찬은 아니다. '천국에 살면서 때로는 어렵게 살아갑니다' 구절은 순환의 계절도 쉽게 오지 않는다는 의미를 천국이라는 거대한 의미로 담는다. 시인이 독실한 천주교인이기에 천국의 의미는 남다른 함의含意를 담았을 것이다.

시인은 마지막 연에서도 천국이라는 단어를 두 번이나 사용

을 하고 있다. 기독교인의 천국이 담는 함의는 거룩하고 크다. 기독교인에게 결론이며 최종 목적지이기 때문이다.

우리는 흔히 예술이라 하지만, 영어 art는 기술이라는 뜻이 있다. 예술을 일종의 기술이라고 서양 사람은 보고 있다. 그런 의미에서 표현을 만들어 내는 것은 기술이다. 표현 중에서도 잘 된 표현, 아니 더 이상 손댈 데가 없는 최고의 표현을 언어의 직공인 시인은 노린다. 그러한 표현의 성공을 위한다고 자칫 설명을 한다면 시는 그 기능이 상실된다.

윤 시인은 신이 주신 언어의 건축을 겸손하면서도 적절하게 짓고 있다.

고단한 하루가
집으로 간다

가다가 서점에 들러
여기저기 구경하다
문득 문자를 보낸다

나 지금
책방에 있어요^^

은행에 들러 공과금 내고
상추 사가지고 왔어요~

곧 갑니다

상추 쌈 싸서
한 볼태기 가득 물고
마주보며 부라려 봅시다^^

할 얘기 있으면 미루지 말고
지금 해야 한다
유통기한 끝나기 전에

「유통기한」 전문

시의 이미지는 독자의 상상력에 호소하는 방법으로 시인의
상상력에 따라 그려진 언어의 그림이다. 「유통기한」의 시를 보
면서 마치 웃음보자기를 푸는 마음이다. 아무런 뜻이 없이 그
저 미소가 지어진다. 처음 만나는 사람의 이미지는 여러 가지
가 있다고 한다. 외모가 되기도 하고 그가 갖는 유머가 될 수
있다. 유머란 사람의 마음을 열게 하는 하나의 단초와 같은 것
이다. 셰익스피어가 만든 '희극'과 '비극'의 작품은 인생모두의
시작과 끝을 말한다. 그래서 셰익스피어의 '희극'과 '비극'은 가
장 뚜렷한 작품이며 관심을 많이 받고 있다.
　영어에선 이미지image란 '상상하다'라는 동사로 쓰인다. 그
이미지의 명사인 이매지네이션imagination은 상상력이다. 이
미지의 뿌리가 상상력임을 재확인시켜 주는 현상이라 하겠다.

고단한 하루가/ 집으로 간다/ 가다가 서점에 들러/ 여기저기 구

경하다/ 문득 문자를 보낸다

　1연의 어디에도 유머도 보이지 않는다. 시를 다 읽어도 어떤 희극적인 단어도 없다. 그러나 시를 다 읽고 나면 웃음이 절로 나온다. 흔한 말로 '대박' '빵터진다'는 표현이 있다. 어떤 상황에서 긍정이 반전을 만날 때 나타내는 말이다.
　바로「유통기한」의 시가 그런 시다. 시인은 그저 담담하게 하루의 일상을 그렸다. 마치 무심하듯. 그러나 부부의 모습이 그려지며 따뜻한 것들로 다가온다. 우리는 흔히 무심한 듯 던진 유머가 더 유머스럽게 느껴지는 경우가 있다.
　로미오와 줄리엣 3막 2장에는 '사랑의 집을 사두었으나/ 아직 들어가 보지 못했네' 라는 구절이 있다.
　연극을 다 보지 않아도 사랑하는 사람의 관계가 훤히 들여다 보인다.
　「유통기한」도 다를 바가 없다. 「유통기한」의 전문 어디에도 아무런 위트는 없다. 그렇다고 부부의 속사정을 전해주지도 않았다. 그러나 16행의 시는 로미오와 줄리엣의 연극을 보는 것과 같이 사랑스럽다. 그리고 재치가 넘치는 기능을 보인다.

　열려있는 세연정 창문 사이로
　바람만 들락날락
　뉘인가 귀한 손 기다리던
　시인의 모습 아련하다

커다란 저 소나무
바람 불어 어서 오라 너울대는데
찾아와 줄 이 없어
저 혼자 외롭구나

주인 없는 동대엔
겉 자란 수목만 가득한데
산새들 찾아와
저들끼리 잔치 하네

하루 종일
재잘대던 산새들
저녁 되어 제 집 찾아 돌아가고
세연정 모퉁이에 그리움만 남아있네

「보길도 세연정」 전문

보길도의 세연정은 고산 윤선도의 〈어부사시사〉의 현장이
다. 고산 선생이 어지러운 세상을 옆으로 하고 시를 만들며 지
내던 유서 깊은 곳이다.

윤 시인이 찾아간 세연정에는 '창문 사이로 바람만 들락날락'
하였다. 바람의 사이에는 고산의 음성이 묻어서 아련하게 드나
들고 있다. 그곳의 산새들은 윤 시인과 같은 세대일 수 있다.

윤 시인이 고산의 후예이듯 산새들도 300년 전의 조상새들
이 살던 세연정을 도서관이나 문중의 사무실처럼 이용하며 저

희들 끼리 소통 하고 사는 것이다. 윤 시인은 재잘대는 산새들에 〈오우가〉의 집필 내력을 전해 들었을 것이다.

　하루 종일/ 재잘대던 산새들/ 저녁이 되어 제집 찾아 돌아가고/
　세연정 모퉁이에 그리움만 남아있네

　흔히들 시인은 발효된 언어를 사용하는 것이 시의 기능이라고 한다. 보이는 현상을 노래하는 것은 시가 갖는 기능이 아니라고 한다.
　시인이 300년 전의 바람과 새들과 대화는 시인만이 갖는 발효의 언어가 아니고 무엇이겠는가 묻게 된다.
　영국 경험철학자의 아버지라 불리는 프랜시스 베이컨(1561~1626 Francis Bancom)은 상상력을 "자연이 분리해 놓은 것을 결합시키고, 자연이 결합해 놓은 것을 분리시키는 힘"이라고 재미있게 규정하고 있다. 자연은 사실세계를 보여준다. 그 자연에서 상상력이 작용하면 사실의 세계는 새롭게 즉 낯설게 변용이 된다.
　윤 시인 또한 상상의 기능을 통하여 역사의 고요한 시간 속으로 타자를 초대하고 있다.

　애써 봐도
　발길 닿는 곳은 언제나
　험한 자갈밭 뿐

　황무지를 보면

맨 먼저 달려가
집 짓고 동네를 이루었다

행여
기름진 터에 자리 잡으면
밟히고 뽑히고
불태우고 잘리었다

잡초 없는 곳엔
삶도 없다
잡초가 세상을 받들고 있다

「잡초」 전문

시인은 성직자와 같다. 성직자는 늘 힘든 자와 같이 걷고 산동네에 거주하는 양떼(사람들)들과 팍팍한 세상을 나누며 사는 것이 소명이다.

윤 시인의 「잡초」는 성직자의 시선이다. 잡초를 두고 어렵고 힘들게 사는 오늘의 사람들을 위하여 무릎 꿇고 기도하는 모습이 그려진다. 윤 시인의 친구 중에 한국의 꽃꽂이의 권위자이며 정원사로 불려주는 것을 행복으로 생각하는 방식 회장이 있다. 윤 시인은 방 회장과의 소통에서도 자연스럽게 꽃과 나무들이 주제다. 꽃과 나무는 인간에게 생각의 이불이며, 마음의 꽃이 되기 때문이다.

시인이 그리는 잡초들은 민초民草가 될 수 있다. 그들의 손은 거칠지만 마음은 여리며 따뜻하다. 세상의 사물은 시인의 스크린에 비춰주는 슬라이드라 할 수 있다. 대상에 대한 시인의 상념들이 선명하게 영상 된다. 흐릿하고 모호한 화면들은 성직자의 모습은 아니다. 시인의 마음속에 시사실을 만들고 제작된 슬라이드들을 사전에 여러 번 기도하는 마음으로 검토한다. 이런 시간은 소태蘇泰가 아닐 수 없다.

생각하면
어둠속에서 얼마나 답답하였나
무슨 일이 다가올까
가시밭길은 없을까
사나운 짐승은 만나지 않을까

깜깜하니
분간할 수 없다
두렵고
무서웁다

하늘의 새도 굶지 않게 돌보아 주시는 분※
염려마라
하늘이 내려앉을까 두려워 마라
기우니라
세상걱정 9할은 기우니라

「기우니라」 전문

시인이 보는 세상은 긍정이 더 많다. 시인의 밤은 어둠이라는 물체의 형태일 뿐, 시인이 보는 밤은 밝기만 하다. 이념이 광장廣場에 말의 돌멩이를 던진다. 다시는 좋은 세상이 없다는 이념의 부정이 광장을 가득 메워도 시인의 광장은 푸른 숲이다.

주일 아침, 「기우니라」 시를 감상한다. 교회를 갈 시간이다. 「기우杞憂니라」는 신부님의 강론이다. 어찌 보면 1년 분량의 강론이다. 시를 감상하며 「기우니라」를 놓고 묵상하며 교회를 가지 않기로 한다. 「기우니라」는 교회의 모습이기 때문이다. 삶이란 9할이 기우라는 것은 당연한 사실일 것이다. 그것을 모르고 사는 것이 인생이다. 윤 시인의 투명한 언어로 강론과 같이 언어의 건축을 지으면, 그 것은 진미중의 진미가 아닐 수 없다.

언어는 무서운 화살이 되기도 하지만 때론 따뜻한 이불과 같다. 그래서 시인을 많이 가진 프랑스는 위대하다고 샤를르 드골(1890~1970)대통령은 평소 말하곤 했다. 그러면서 드골은 시인이 사는 마을에는 자동차 경적을 울리지 말라는 팻말을 붙여주었다. 경적은 시인의 시 창작에 지장을 준다는 것이다. 학자들은 시를 사랑하는 프랑스가 문화의 대국이 될 수밖에 없다고 한다.

시인이 그리는 세상은 기우가 아니다. 미당 서정주를 키운 것이 8할의 바람이라면 윤 시인을 키운 것은 9할의 긍정이다.

서점에 가면
햅쌀 밥 짓는
고소한 냄새가 난다

책을 펼치면
시장기가 돈다
식욕이 돋는다

「서점에 가면」 전문

잠시 언급하였듯, 시인의 시에는 유머도 있지만 영상처럼 펼치는 재치가 있다. 「서점에 가면」을 감상하면서 타자가 대형 서점에 들러보는 느낌이다.

청주대학교 총장을 지낸 윤건영 교수에 말을 빌면 책을 많이 소장하는 가정의 아이들은 독서에 대한 열의가 크다고 한다. 그리고 독서의 습관이 자연스럽다 한다. 결론은 인간의 사회성은 책이 결정한다는 의미의 교훈이다.

'서점에 가면/ 햅쌀 밥 짓는/ 고소한 냄새가 난다'는 것은 시인의 밥상은 언어가 살고 있는 책이라는 증명이다.

사람마다 산책의 코스의 선호도가 있다. 바다나 산, 또는 공원이 되기도 한다. 시인이 좋아하는 산책은 대형서점의 구석구석으로 짐작된다.

인간은 경험에 의미를 부여하는 능력이 있다. 아니 인간은 삶의 수많은 경험에 의미를 부여하는 과정이다. 어떤 사람이

메고 있는 붉은 넥타이를 보고, 즉 그 넥타이를 감각적으로 수용해서 그 사람 정열의 표상으로 해석하는 것은 경험에 대한 의미 부여에 흔한 예가 된다. 그러므로 '관념의 제로지대'인 경험은 '관념이 장차 거기서 태어날' 모태이기도 한 것이다. 그래서 사람의 집에 무엇이 눈앞에 있는가는 앞으로 태어날 관념의 광장일 수 있다.

윤 시인에게는 시인들이 건네주는 시집이나 서점에서 선택한 시집이 상당량으로 서가를 메우고 있다. 시인이 관념을 만들고 발효를 위한 도구는 책이 필연이다. 시인도 언어의 기능사라고 이형기 시인은 말한다. 기능사에게도 좋은 재료는 재산이다.

세상에는 종종 불량품이 있다
먹어야 할 음식이 있고
먹지 말아야 할 음식이 있다

가끔은
만나지 말아야 할 사람도 있다

「불량품」 전문

TV를 열면 수많은 상품이 유혹 한다. 투자의 종류도 다양한 것들이 산재하여 있다. 모든 것들은 선택이라는 관념과 판단이 필요한 세상에 산다.

윤 시인은 세상 경험을 가지고 시단에 데뷔한 늦깎이의 한 사람이다. 늦깎이는 발효와 숙성의 재료를 풍부하게 지닌 장점을 가졌다. 첫 시집이지만 400편의 시에서 숙성의 시, 100편을 고른다. 데뷔 시인으로 매우 왕성한 모습이다. 앞으로의 성장의 가능을 넘어, 얼마나 다양하고 유려한 발효 술을 짓는 것에 기대와 설렘이 따른다.

시의 창작은 고정이나 규격화될 수 없다. 시인마다 다르고 또 심지어 매 편의 시도 다르게 건축하는 것이 그 창작의 과정이다.

역사는 시인의 탄생에서 시작 되었다. 진리는 단지 알고 있는 자가 아니라 좋아하고 즐기는 자라는 것을 처음 주장 한 것은 시인이다. 자신보다 진리로부터 멀리 떨어져 있는 자들을 시인은 측은하게 바라보고 있다.

시가 사는 세상은 도식적, 윤리적, 일상적, 감상적, 상투적, 통념적 질서는 약자로 규정한다. 스스로 감각과 사유思惟를 생성해 내고 즐기는 세상이다.

시와 노래는 같은 동네에 살고 있는 주민들이다. 그들의 공통적인 것은 기성의 문법을 넘어서 새롭고 낯선 소수 언어를 만드는 자가 비로소 작가이고 예술가라는 지론이다.

이제 윤평현 시학은 어떤 시류詩類를 만드는 기성의 길에 들어섰다. 물론 시를 창작하면서 이미 그 길에 들어섰다. 그러나 진정한 윤평현 시학은 시집의 탄생이 시류를 만들게 된다. 시집은 시인의 기준이 되고, 그 집을 떠날 수 없는 주인이기 때문이다.

윤 시인의 「다시 부르는 노래」 시편은 시인의 앞날을 예고하고 있다.

아득한 시절 부르던 노래/ 웅얼거리며/ 꿈꾸며 살았지/ 꿈은 저만치 앞서가고/ 오늘은 언제나/ 고달프고 힘들었지만/ 이제와 보니/ 삶이 시였고/ 고통이 마음을 단단하게 했었지/ 슬픔까지도 행복이 되었어/ 시와 함께 걸어야지/ 맑은 목소리로/ 해 저문 강을 따라

윤평현 시류는 단호함이 늘 그렇듯이, 그 단호함은 섬세함과 민감함에서 세상을 응시하고 있다.

무릎을 꿇어야 작은 꽃이 보인다

윤평현 지음

발 행 처 · 도서출판 청어
발 행 인 · 이영철
영　　업 · 이동호
홍　　보 · 천성래
기　　획 · 남기환
편　　집 · 방세화
디 자 인 · 이수빈 | 김영은
제작이사 · 공병한
인　　쇄 · 두리터

등　　록 · 1999년 5월 3일
(제1999-000063호)

1판 1쇄 발행 · 2020년 8월 30일

주소 · 서울특별시 서초구 남부순환로 364길 8-15 동일빌딩 2층
대표전화 · 02-586-0477
팩시밀리 · 0303-0942-0478

홈페이지 · www.chungeobook.com
E-mail · ppi20@hanmail.net
ISBN · 979-11-5860-875-0(03810)

이 도서의 국립중앙도서관 출판시도서목록(CIP)은 서지정보유통지원시스템 홈페이지
(http://seoji.nl.go.kr)와 국가자료공동목록시스템(http://www.nl.go.kr/kolisnet)
에서 이용하실 수 있습니다.(CIP제어번호: CIP2020031680)